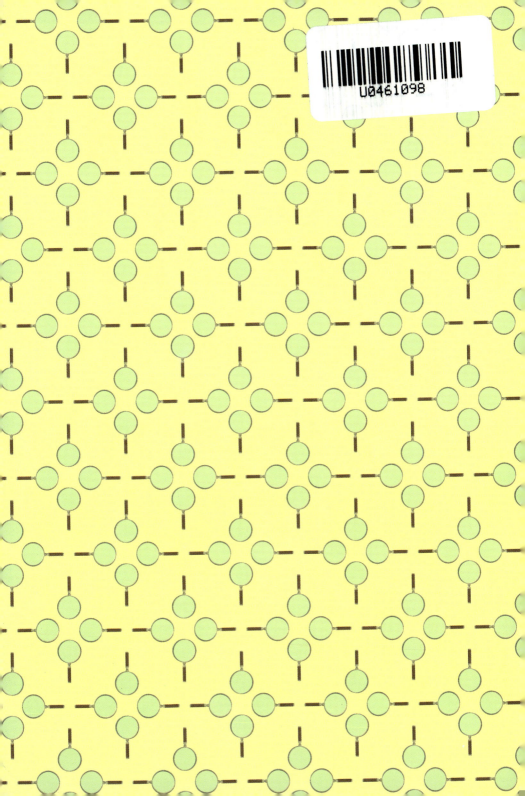

BIOGRAPHIC
SHERLOCK

福尔摩斯传

[英] 维夫·克鲁特 著
Viv Croot

段于兰 许忆 译

重庆大学出版社

福尔摩斯传

FU' ERMOSI ZHUAN

［英］维夫·克鲁特 著

段于兰 许忆 译

BIOGRAPHIC
SHERLOCK

by Viv Croot

图书在版编目（CIP）数据

福尔摩斯传 /（英）维夫·克鲁特（Viv Croot）著；段于兰，许忆译 .-- 重庆：重庆大学出版社，2022.9
（50 个标签致敬大师丛书）

书名原文：BIOGRAPHIC: SHERLOCK

ISBN 978-7-5689-3232-5

I.①福… Ⅱ.①维…②段…③许… Ⅲ.①侦探小说—人物形象—文学研究—英国—现代 Ⅳ.① I561.074

中国版本图书馆 CIP 数据核字（2022）第 068569 号

版贸核渝字（2019）第 137 号

Text © Viv Croot，2018，Copyright in the Work © GMC Publications Ltd, 2018

This translation of Biographic Sherlock is published by arrangement with Ammonite Press an imprint of GMC Publications Ltd.

策划编辑：张菱芷

责任编辑：张菱芷　　　　装帧设计：琢字文化

责任校对：夏　宇　　　　责任印制：赵　晟

*

重庆大学出版社出版发行

出版人：饶帮华

社址：重庆市沙坪坝区大学城西路 21 号

邮编：401331

电话：（023）88617190　88617185（中小学）

传真：（023）88617186　88617166

网址：http://www.cqup.com.cn

邮箱：fxk@cqup.com.cn（营销中心）

全国新华书店经销

重庆新金雅迪艺术印刷有限公司印刷

*

开本：889mm×1194mm　1/32　印张：3　字数：155 千

2022 年 9 月第 1 版　2022 年 9 月第 1 次印刷

ISBN 978-7-5689-3232-5　定价：48.00 元

目录

标志性

当我们可以通过一系列标志性图像辨识出一位虚构的侦探时，我们就能意识到，这位侦探和他背后的案件对我们的思想和文化产生了多么深刻的影响。

介绍

主流观点认为，夏洛克·福尔摩斯和约翰·华生医生是由阿瑟·柯南·道尔爵士虚构的人物。柯南·道尔曾担任外科军医，退伍后做了名默默无闻的全科医师，之后又成了失败的郊区眼科医生，但他却创作出这对侦探组合（还包括其他众多角色）的冒险经历，并从中获取了丰厚的经济回报以及持久的声誉名望。

人们普遍认为，福尔摩斯的原型是柯南·道尔在爱丁堡大学医学院的老师约瑟夫·贝尔。贝尔是一位具有超凡魅力的外科医生，他基于密切观察和严谨推理而开创的演绎诊断法使其闻名遐迩；而华生则是柯南·道尔对自己不加掩饰的自嘲性自传体画像。

就像华生的口头禅一样，这些都是"废话"。敏锐的福尔摩斯迷们钟情于福学游戏①。他们坚信福尔摩斯和华生是真有其人，华生将两人的冒险经历记录下来，或许是将其作为我们现在所谓的某种创伤后休克疗法。《血字的研究》（*A Study in Scarlet*）的第一部分便在一开始就注明"本书根据约翰·H. 华生医生（陆军医务部医学博士）的回忆整理而成"。一位与《利平科特》杂志（*Lippincott's*）和《河滨》杂志（*The Strand*）有联系的著名作家道尔担任华生非正式的文学作品经纪人，好像当华生还是爱丁堡医学院的学生时他们就认识了。

本书也将遵循福学游戏的规则。

① 福学游戏是各国福尔摩斯小说迷们乐此不疲的游戏。他们以坚信福尔摩斯是真实存在的人物为前提对其祖籍、血缘及地域进行烦琐考究，对他的学习经历进行详细推断，甚至对他的朋友、敌人或者是"那个女人"进行大胆猜测和验证。这些事情在外人看来或许偏激狂热到不可思议，但对福迷们来说却极有意义。福学游戏崇尚逻辑推理，这是其最大的乐趣所在。——译者注

"为了详细描述耸人听闻的细节，你把最精妙的推理过程一笔带过，这或许能让读者感到激动，却一无所获。"

——夏洛克·福尔摩斯
《格兰其庄园》（*The Adventure of the Abbey Grange*）
1904 年

1881 年当两人初次相遇时，福尔摩斯已经以全球首席"咨询侦探"的身份工作了六年，其办公地点就在伦敦大英博物馆附近的蒙塔古街的一个房间里，当时他正在寻找一位室友来分担他在贝克街 221B 的房租。那时两人都还年轻——福尔摩斯 27 岁，华生 29 岁，在接下来的 23 年里他们将断断续续地一起工作和生活。人们已知的案件共有 60 宗，其中有两宗案件华生并没有参与，但他记录下了 56 宗；夏洛克自己记录了 2 宗——不得不说是相当笨拙的写作——而剩下 2 宗大概是由道尔以第三人称记录下来的。当然，两人的侦探故事远比我们已知的多得多——有些案件曾被顺口提到，有的以便条形式记录并归档存放在一个破旧的锡盒里。如果真有这个锡盒，应该是华生打算在晚些时候再详细记录。很显然，那里面的许多案件都是福尔摩斯禁止公开的，但遗憾的是，华生存放在考克斯银行的文件库从未被打开过，并且在第二次世界大战中大楼遭到轰炸时被毁掉了。

福尔摩斯可谓是现代侦探的鼻祖。他体现了几乎所有侦探固有的特点：聪明、独立、混乱、古怪、傲慢、热情、痴迷，以及对法律略显矛盾的态度。尽管华生没有详细记录福尔摩斯的家庭和传记类细节，但在描述他的工作方法时却一丝不苟。我们不知道福尔摩斯出生于何时何地，也不知道除了他哥哥迈克罗夫特之外其他家人的情况。华生以军事作风直切主题——福尔摩斯的非凡而革命性的探案方法。

"'你为什么自己不写呢？'我略带苦涩地问道。"

——约翰·华生
《格兰其庄园》（*The Adventure of the Abbey Grange*）
1904 年

多亏了华生，让我们知道了福尔摩斯的破案手法及其运用技巧，这为现代侦查工作打造了范例。法医鉴定、专业分析、仔细收集和分析证据、从细微线索展开推理、进行严谨的数据整理——福尔摩斯撰写了自己的案件百科全书，从几乎不可能的信息来源（如读者来信专栏和小广告）中收集情报，并获取绝处逢生的技能。

与此同时，华生为我们毫无保留地描绘出福尔摩斯的真实肖像：情绪波动大，有令人难以忍受的自负，智力超群、心智冷静，有令人恼火的习惯，愚笨、冲动又矛盾。福尔摩斯内心充满冲突与对立——既让人恼怒，又令人振奋。他以格斗拳击手身份闻名，抽屉里常备一把左轮手枪，喜欢坐在出租车后排兜风；但他也会演奏古典小提琴，撰写专著，还是代码和密码专家。

福学游戏让人欲罢不能的原因之一是福尔摩斯（和华生）是如此令人信服地真实存在着。就像从大理石中被解放出来的雕塑，很难不把他们当作真实鲜活的生命。他们早已融入了国际文化——世界各地都有福尔摩斯社团——一起构成了非传统的探案风格和搭档办案的组合，这种组合在当今犯罪小说中占据主导地位。

"我曾无数次地跟你说，排除一切不可能后，剩下的即便再令人难以置信，也一定是真相。"

——夏洛克·福尔摩斯
《四签名》（*The Sign of Four*）
1890 年

福尔摩斯传

夏洛克・福尔摩斯

01
生活

"你刚从阿富汗回来。"

传奇诞生

华生医生还有许多尚未探索出答案的谜团，其中之一便是福尔摩斯出生地这一棘手难题。福尔摩斯只粗略地提到过他的祖先是"乡绅"，但并未透露具体是哪里人，而一向勤勉的华生似乎并不打算对此刨根问底。我们也不知道福尔摩斯的出生日期，但是笃定的福学家①们，运用大侦探本人开创的基本演绎法已经达成共识——福尔摩斯出生于 1854 年 1 月 6 日。实际上，福尔摩斯的"生命"始于他被介绍与华生相识的 1881 年 1 月，从此，这对单身汉搭档便在贝克街 221B 安营扎寨。

①福学家，指福尔摩斯小说迷们，对福尔摩斯系列小说里的所有细节了如指掌。他们通常有自己的组织，不定期地对福尔摩斯系列案件进行学习、探究、挖掘，运用福尔摩斯首创的"基本演绎法"推理故事中的"潜藏信息"，从而对所有独立案件构架网络，也发展出故事人物间更新的关联甚至"秘密"。——译者注

贝克街
221B

摄政公园

外环

格洛斯特广场

贝克街

马里波恩路

伦敦

圣·巴塞罗缪医院

圣·巴塞罗缪医院成立于 1123 年，是英国最古老的医院。正是在这里的化学实验室，华生与福尔摩斯初次相遇。

◄ 1854 年出生的名人还有：
奥斯卡·王尔德
(Oscar Wilde，1854—1900)

他与福尔摩斯同年出生，却似乎与后者扮演着完全不同的人生角色：诗人、剧作家、智者、唯美主义者。

大不列颠

英格兰、威尔士和苏格兰进行人口普查，总人口为 29 707 207 人，其中伦敦人口不到 450 万。这是英国第七次全国性人口普查。

美国

在华盛顿特区，查尔斯·J. 吉特奥向美国总统詹姆斯·加菲尔德①开枪射击，总统在 79 天后去世。

①加菲尔德 1881 年成功当选总统，在上任半年后被谋官未成的吉特奥暗杀而亡，年仅 49 岁，成为继林肯之后第二位被暗杀的美国总统。——译者注

巴拿马

斐迪南·德·雷赛布开始主持巴拿马运河的开凿工作。这项工程连接太平洋和大西洋，最终于 1914 年完工。

英格兰

英格兰东南部的戈德尔明是上第一个拥有公共电力供应方。柯南·道尔爵士就住离戈德尔明 12 英里（约 1千米）的欣德黑德。

福尔摩斯传

英格兰

自然历史博物馆在伦敦开业。

阿富汗

在第二次阿富汗战争结束后，最后一批英国军队撤离阿富汗，第三次阿富汗战争（英汗战争）将于 1919 年爆发。

1881 年的世界

南非

第一次布尔战争以英国的失败而告终。布尔人在德兰士瓦实现了自治。

当夏洛克·福尔摩斯进入大众视线时，大不列颠正处于帝国统治的巅峰时期，维多利亚女王五年前刚获封为印度女皇。然而此时，帝国的裂缝也开始显现：经历一场毫无结果的战役后，英国军队撤离阿富汗；在舔舐战败伤口的同时，英军在南非再次遭受失败——被明显寡不敌众的布尔人打得落花流水。尽管当时发明和工程都处于持续低潮期，但仍有 1/7 的大不列颠人口聚居伦敦。根据华生的说法，大多数伦敦人都是懒汉和闲人。与此同时，另一个令人难忘又与众不同的文学人物开始崭露头角，其故事最初也是以连载形式发表的：罗伯特·路易斯·史蒂文森创作出的"海盗中的海盗"——朗·约翰·西尔弗。他于 1881 年 11 月在儿童杂志《青年人》（*Young Folks*）上的《金银岛》（*Treasure Island*）首次亮相。

生活

17

个人生平

姓名：

夏洛克·福尔摩斯

出生日期：

1854年**1**月**6**日

教育背景

英国剑桥大学悉尼·萨塞克斯学院。

化学

比较解剖学

生理学

核心技能

非凡记忆力

收集、存储信息

观察力

推理判断力

乔装易容术

专长

实验及
应用化学

解剖学知识

植物学和
有毒植物知识

地质学及
土壤类型知识

英国法律知识

汪星人友好者

双轮马车
驾驶高手

对香水敏感

了解打字机
特性

保险箱开锁能手

爱好和消遣

小提琴

武术

拳击格斗

古典音乐

情感文学

放松

福尔摩斯善于鼓励团队的合作并对其进行有效管理。固定合作人员如下：

约翰·华生
探案搭档、助理侦探、安全负责人、档案管理员

兰代尔·派克
协助研究、提供情报、社交媒体从业人员

欣韦尔·约翰逊及其助手们
信息网络维护、信息采购

贝克街"非正规军"
挖掘数据、传递信息

哈德森太太
餐饮和礼宾服务

办案收费是固定的，要么不变，要么直接免单。

付款方式：现金、支票、贵重金属或珠宝均可。

根据具体情况，可能提前预收费用且不退还。

可能直接拒绝不感兴趣的案件，且不会解释原因。

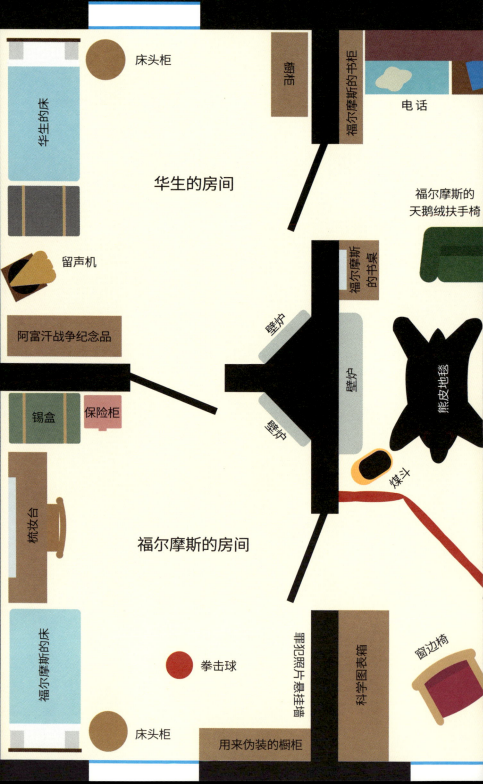

斯特拉迪瓦里
小提琴

福尔摩斯的办公桌

装订好的剪报

化学工作台

餐桌及餐椅

藤背座椅

温馨的家

"两间舒适的卧房和一间宽敞通风的起居室，屋内陈设精美，两扇宽大的窗户提供了完美的采光。"这是华生对贝克街221B——世界上最著名的地址之一的描述。或许是为了保护福尔摩斯的隐私，华生隐瞒了真相——这个地址根本不存在；在福尔摩斯生活的年代，门牌号从未超过100；华生还故意模糊房间的布局，尤其是卧室的位置，大概是为了误导狙击手（特别是莫里亚蒂的手下塞巴斯蒂安·莫兰上校）。尽管如此，他对各个房间的内部描述是准确的。今天的贝克街239号有一间福尔摩斯博物馆——一整套房间的复刻版（这是全球众多的福尔摩斯博物馆之一），威斯敏斯特市非常善意地默许将这栋房子标注为221B。

华生的座椅

华生的办公桌

休憩幕帘

酒柜

华生的书柜

我亲爱的华生……

华生医生初次见到福尔摩斯时，还是一个孤独且没有方向的退伍老兵，患有创伤后应激综合征。尽管有过两段婚姻并接连三次开设诊所行医，但华生始终陪在福尔摩斯身边，做他的参谋、保镖和记录者，同时为他带来鼓舞与灵感。 他对福尔摩斯忠心耿耿，但并非盲目跟从。华生为这位伟大侦探理智、冷静的内心注入温暖和情感。华生几乎和他的搭档福尔摩斯一样被人们铭记：他的名字成为现代犯罪小说中所有无私、忠诚、勇敢又略显憨厚的伙伴们的代名词。

配枪

一般认为是 6 发 450 亚当斯弹左轮手枪

怀表

从他那挥霍无度的哥哥哈利处继承而来，福尔摩斯从怀表磨损程度推断出这个人的存在

枪伤

在阿富汗战争迈旺德战役中受伤

健壮的体格

跑步健将，前橄榄球运动员

手帕

总将手帕塞进衣袖，这也是福尔摩斯推断他曾是军人的线索之一

婚戒

1889 年，与玛丽·莫斯坦结婚；1891—1894 年鳏居；1903 年与不具名的第二任妻子结婚

枪伤？

可能是在另一场战争中受伤的位置

1852 出生于 7 月 7 日或 7 月 8 日

1874 毕业于爱丁堡大学，获医学学士学位

1878 获得伦敦大学医学博士学位，并在位于南安普敦内特利的皇家维多利亚军事医院接受陆军外科医生培训。加入诺桑伯兰第五明火枪团，并被派至阿富汗，随后又被转派到皇家伯克郡军团

1880 7 月 27 日在迈旺德战役中负伤

1881 结识福尔摩斯，并合租公寓

1889 与玛丽·莫斯坦结婚并在帕丁顿区买下其第一家全科诊所

1890 搬进位于肯辛顿的第二家诊所

1902 在位于安妮皇后大街的第三家诊所行医

1903/1904 福尔摩斯宣布归隐

1914 与福尔摩斯携手处理最后一个案件；重新加入老东家——皇家陆军医疗队

数字里的华生

17 年 与福尔摩斯共事的时间

54 宗 协助福尔摩斯并进行记录的案件数

3 所 在伦敦开设诊所的数量

2 件 本人参与但由他人记录的案件数

生平

23

贝克街勇士

虽然福尔摩斯的主要武器是他的超强大脑，但他也是个行动达人。华生曾评论说，作为一个从不"为了锻炼而锻炼"且经常让自己挨饿的人，福尔摩斯拥有惊人的肌肉力量。他可以将铁棍扳回原形，同时也是一名灵活的击剑手，还自称单棍专家；他高超的格斗技能让拳击俱乐部的成员们无比怀念；他把用枪的机会大部分都留给华生，但无聊时也喜欢用自己那把一触即发的左轮手枪进行室内射击练习。他的常用武器是短马鞭，但是在彻底终结其死敌莫里亚蒂一事上，他主要依靠一项新型武术——巴顿术。

华生的左轮手枪
6 发 450 亚当斯弹左轮手枪

开火　　当作短棒

 =使用次数

福尔摩斯用过的武器
（华生也算他的武器之一）

短马鞭

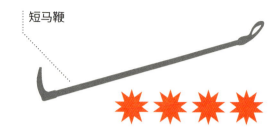

韦伯利斗牛犬左轮手枪

开火　　用枪柄猛击

单棍

短棒

鱼叉

攻击过福尔摩斯的武器

拳击格斗

巴顿术

棍子 / 手杖

警棍

失控的马车

小刀

砖石

被伪装成棍子的气枪

左轮手枪

毒药

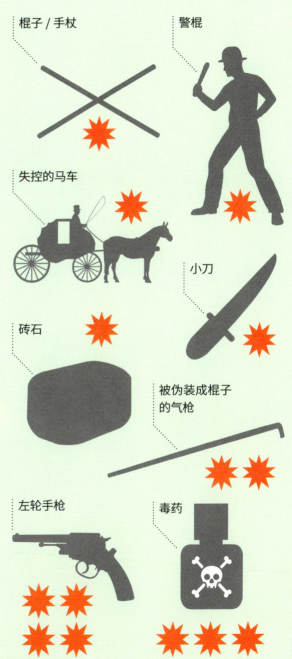

生活

三根烟斗
带来的麻烦

福尔摩斯的状态时常在昏昏欲睡和极度活跃之间摇摆，他选择的两种药物合理地解释了这一状态：尼古丁（用于深度思考时）和可卡因（用于逃离死气沉沉的平庸日常时）。在他生活的时代，烟草被认为是植物营养素，使用可卡因、吗啡、鸦片也不违法。可卡因被视为神经强壮剂——西格蒙德·弗洛伊德便是它的超级粉丝。但华生对可卡因的副作用持有相当超前的看法，福尔摩斯也最终摆脱了可卡因的束缚。但他始终是个烟草狂热分子（尤其偏爱黑烟丝）和雪茄爱好者（特别是古巴雪茄），他甚至还撰写过一本关于 140 种不同烟灰的专著。

福尔摩斯有三根烟斗

石楠根烟斗

陶土烟斗

樱木烟斗

葫芦烟斗（曲形烟管）并未出现在原著中，演员威廉·吉尔特在出演舞台剧《福尔摩斯》时将其带入大众视线，因为葫芦烟斗不会遮挡住他的脸部。

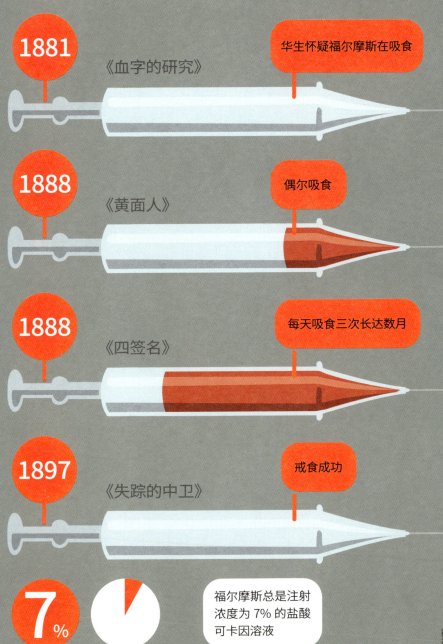

1881 《血字的研究》 华生怀疑福尔摩斯在吸食

1888 《黄面人》 偶尔吸食

1888 《四签名》 每天吸食三次长达数月

1897 《失踪的中卫》 戒食成功

7% 福尔摩斯总是注射浓度为 7% 的盐酸可卡因溶液

我略通巴顿术⋯⋯

由土木工程师E. W. 巴顿–莱特（1860—1951）开创的巴顿术在 1898—1903 年间风靡伦敦。这是一种集柔术、拳击和棍击（都是福尔摩斯的核心技能）于一体的混合格斗术，只需要一根手杖、一把椅子、一辆自行车、一件夹克甚至赤手空拳就能打败恶棍。华生并没有准确说明福尔摩斯获得这项（足以将莫里亚蒂送上西天的）技能的具体时间和方式，但福尔摩斯很可能在位于伦敦西区沙夫茨伯里大道 67B 号的巴顿术器械和体育学院学习过。 该学院于 1902 年关闭。

向对手伸出手，紧抓其右手腕，使其手臂朝上。

03

当他向前移动时，保持你的双脚牢牢站稳，并将你的身体向右转动，将你的左臂圈在对方右臂之上。

02

后退，
然后将对手猛拉向你。

04

将你的另一只手置于对方手臂之下，
抓住自己的手腕并限制对方行动。

巴顿术如何制敌

巴顿术的基本原理可归纳如下：

● 破坏攻击者的平衡。

● 在他恢复平衡并使用力量之前进行突袭。

● 必要时，控制其身体任何部位的关节，无论是颈部、肩部、肘部、手腕、背部、膝盖还是脚踝，使其无论在解剖学还是机械学上都无从抵抗。

生活

莱辛巴赫瀑布

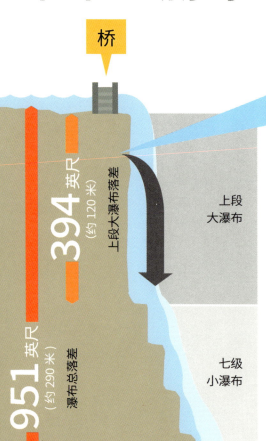

桥

394 英尺（约 120 米）上段大瀑布落差

951 英尺（约 290 米）瀑布总落差

上段 大瀑布

七级 小瀑布

1891 年 5 月 4 日，福尔摩斯和他的死对头莫里亚蒂教授在莱辛巴赫瀑布上展开殊死搏斗，最终彻底将其了结。福尔摩斯将自己置于厄运之中，通过自我牺牲来实现这一目标。又或者，他真的与敌人同归于尽了吗？ 事实上，虽然那些莽撞登山者的尸体时常会浮出水面，人们却从未发现这两人的遗体。 福尔摩斯事先便给华生留下了遗书，而华生也未能在陡峭的瀑布悬崖边缘发现任何返回的脚印，于是单纯的华生伤心欲绝，他确信福尔摩斯已经葬身瀑布。 然而三年后， 也就是 1894 年的春天，福尔摩斯重返贝克街，他逮捕了塞巴斯蒂安·莫兰上校（莫里亚蒂的心腹部下、福尔摩斯的最后一个敌人）。从此，他惊险刺激的探案生涯再次开启。

阿勒河

瑞士

小径为证

● 抵达瀑布悬崖的路径——必须一直朝上爬，经过一座桥，然后从桥的另一侧下来，方能到达悬崖边缘。

● 瀑布一侧有条小径，正对瀑布时，小径在其左侧。

● 悬崖边缘有两组脚印，但没有折返痕迹，同时有混战迹象。

● 福尔摩斯故意留下他的登山杖和银质烟盒让华生找到，银质烟盒下压着三张纸，其中就有福尔摩斯留给华生的遗书。

莱辛巴赫瀑布

瀑布由莱辛巴赫小溪上的七级小瀑布组成，小溪是阿勒河的一条支流，流入布里恩茨湖。瀑布几乎是垂直的，后面的岩石被流水的巨大力量冲蚀而凹陷。

瀑布流速：

1 059

立方英尺／秒
（约30立方米／秒）

流入布里恩茨湖

生活

隐退

没人真正清楚福尔摩斯到底是什么时候离世的，但共识是在 1918 年。根据他本人的说法，在 1903 年的某个时候他隐退到萨塞克斯养蜂。这令人难以置信，因为华生曾说过"在他的众多天赋里，没有发现对大自然的欣赏"。他甚至还制作了关于蜜蜂文化的手册。1912 年，福尔摩斯响应祖国的使命召唤，花费两年时间精心策划了一场摧毁德国间谍组织的行动。1914 年 8 月，战争前夕，他取得了成功。其间，华生一直伴他左右，但这个故事直到 1917 年才被写成，可能是由华生的文学经纪人阿瑟·柯南·道尔写的。

东迪恩，
萨塞克斯

夏洛克·福尔摩斯

02

世界

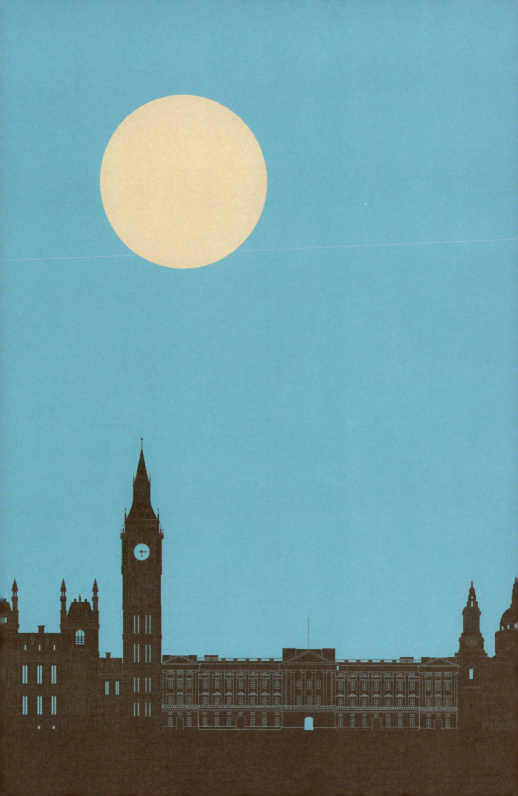

"我很自然地一头栽进伦敦这个污水坑，大英帝国所有的懒汉和闲人都蚁集于此。"

——约翰·华生
《血字的研究》（*A Study in Scarlet*）
1888 年

大不列颠的统治

- 英格兰
- 中国
- 印度
- 加拿大
- 南非
- 阿富汗
- 澳大利亚
- 新西兰
- 爱尔兰

福尔摩斯在伦敦生活和工作，伦敦是当时世界上最伟大的城市，也是大英帝国的心脏。在鼎盛时期，这是历史上最大的帝国。福尔摩斯的生活和职业生涯横跨了一些历史学家所谓的帝国世纪（1815—1914）的后半叶，当时的大不列颠跨踌满志，帝国的宏伟景象名副其实而非幻想。维多利亚的长期统治（1837—1901）为帝国带来了稳定、信心和财富以及自满和权力。她的子孙后代则通过精明联姻使英国不仅在其殖民地而且在欧洲大部分地区都拥有统治权。

1918
夏洛克·福尔摩斯去世

1916
复活节起义

1910
乔治五世加冕为王

1910
爱德华七世去世

1907
新西兰取得主权地位

1902
爱德华七世加冕为王

1901
澳大利亚取得主权地位

1901
维多利亚女王去世

1900—1901
义和团运动

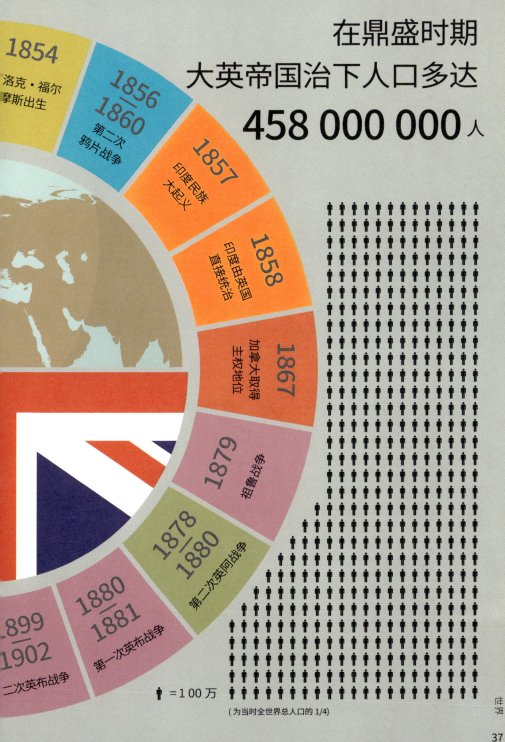

在鼎盛时期
大英帝国治下人口多达
458 000 000 人

1854
洛克·福尔摩斯出生

1856
—
1860
第二次
鸦片战争

1857
印度民族
大起义

1858
印度由英国
直接统治

1867
加拿大取得
主权地位

1879
祖鲁战争

1878
—
1880
第二次阿富汗战争

1880
—
1881
第一次英布战争

1899
—
1902
二次英布战争

👤 ＝100 万

（为当时全世界总人口的 1/4）

37

每日邮报

开膛手杰克

福尔摩斯为何没有调查 19 世纪最臭名昭著的案件呢？ 开膛手杰克于 1888 年 8 月至 11 月大开杀戒，而这也正是福尔摩斯侦探工作的巅峰时期。 从来没有人请他介入该案吗？ 是不是他已经着手调查并成功破案，但有人出于政治原因说服他不采取任何行动？ 华生是否努力隐瞒他的侦查工作？ 福尔摩斯拒绝了骑士爵位是否正因为新加冕的爱德华七世国王的儿子阿尔伯特·维克多王子是本案嫌疑人？ 凶手是莫里亚蒂吗？ 或者仅仅是因为这个案子对于福尔摩斯来说太枯燥了？ 真相，我们永远无从得知。

杀手档案

- 熟悉用刀
- 医生或屠夫（精于解剖学）
- 在白教堂居住和（或）工作
- 对妇女特别是妓女有病态的仇恨
- 上班族（谋杀发生在周末）

一个名叫杰克的杀手

1888 年 9 月 27 日,中央通讯社收到了一封写给"老板"的信，落款为"开膛手杰克"。 在信中他对安妮·查普曼谋杀案供认不讳，并承诺在其下一次袭击中，将"切下女士的耳朵"。 这封信最初被认为是场骗局，可当人们发现凯瑟琳·艾多斯被割破耳垂的尸体后，伦敦警察厅将这封信公之于众，于是开膛手杰克的名字被沿用至今。

11 宗
谋杀案
其实只有 5 宗出自
开膛手杰克之手

遇害者档案

03 伊丽莎白·史泰德
9 月 30 日，周日，遇害身亡

01 玛丽·安·尼克尔斯
8 月 31 日，周五，遇害身亡

02 安妮·查普曼
9 月 8 日，周六，遇害身亡

04 凯瑟琳·艾多斯
9 月 30 日，周日，遇害身亡

05 玛莉·珍·凯莉
11 月 9 日，周五，遇害身亡

非比寻常的嫌疑人们

关于开膛手的身份和职业，坊间众说纷纭，但当局均不认可。尽管现实中无人受到指控，但新闻报道中的犯罪嫌疑人数量已超过 100 人。自那时起，许多最初从未受到怀疑的嫌疑人开始进入人们的视野，其中就包括美国连环杀手 H. H. 福尔摩斯（和夏洛克·福尔摩斯并无关联）和艺术家华特·席格。而阿瑟·柯南·道尔曾提出一种理论，杰克实际上可能是名女性——"开膛手吉尔"。

福尔摩斯
的伦敦

福尔摩斯对伦敦的大街小巷了如指掌。他时常穿梭于迷宫般的肮脏小巷和绿树成荫的大道，沿泰晤士河两岸行走，进入贫瘠的郊区。整个伦敦深深印在他的脑海中，让他可以通过感知车轮下的鹅卵石和柏油路面来精准定位浓雾中的自己身在何处。如果不坐马车，福尔摩斯会徒步寻访伦敦的穷街陋巷。华生曾一本正经地告诉我们，"这些足迹似乎将他带往城市的最底层"。从华生记录的案件来看，福尔摩斯似乎更偏爱这座城市的东部和东南部。

1888 年，《地方政府法》对伦敦的无政府主义扩张采取了一定的控制措施，该法通过了自治郡及郡级市（包括伦敦郡）的建立，并规定由直接选举的议会来对其进行管理。议会引入建筑法规，并对排水、道路和街道照明等全市公共设施进行标准化管控。1899 年，《伦敦政府法》促成了 28 个自治市的建立，它们均对伦敦郡议会负责。

伦敦自治市的阶层分类
（1880—1890）

- 福尔摩斯的地盘
- 上流阶层
- 体面的郊区
- 体面的中产阶级
- 体面的艺术家们
- 最底层阶级

斯托克纽因顿

伊斯灵顿

哈克尼

肖尔迪奇

贝斯纳尔绿地

芬斯伯里

克尔本

伦敦城

斯特普尼

白杨

萨瑟克

伯蒙德赛

德普特福德

格林威治

伍利奇

兰贝斯

坎伯韦尔

刘易舍姆

28个
伦敦自治市
（1888）

33个
伦敦自治市
（2018）

庄妮

41

跟上那辆出租马车

马车的鼎盛时期（约 1850—1910）大致与福尔摩斯在世的时期重叠。如果没有出租马车让他迅速赶往犯罪现场、追查情报或带他回到贝克街寻找答案，福尔摩斯就无法完成工作。福尔摩斯的交通工具通常是汉森马车①，这是伦敦人的首选——快速、轻便、灵敏、便宜且无处不在（1900 年，有 11 000 多辆汉森马车穿梭在拥挤的城市），但有时福尔摩斯也会乘坐四轮马车（四轮单马或四轮双马，足够宽敞舒适，能容纳行李和两人以上的乘客）或者偶尔乘坐普通的轻便单马双轮马车。

①汉森马车，一种两轮轻便马车，车夫的位置在乘客后面。——译者注

位于车后的驾驶员
弹簧座椅

带有可开关百
叶窗的侧窗

配上软垫的
皮革座椅

带衬垫的折叠式
木质半开门，用
于提供保护

18 英寸（约 46 厘米）
高的脚踏板

挡泥板，也用于保
护乘客免遭马蹄抛
起的石块误伤

准载

2~3 位

乘客

1 匹马力

通常是哈克尼马，
为了出众的耐力、
力量和智力而培育

横跨车顶的
超长缰绳

所有型号的马车都是基
于 1834 年由约瑟夫·阿
洛伊修斯·汉森（1803—
1882）发明的马车原型打
造的，约翰·查普曼（1801—
1854）对其进行了改良。

2 个

轮子

橡胶轮胎（19 世纪
90 年代以后的型号）

降低重心
以保证安全

推荐步法：
小跑

午夜迷雾

能见度

从 13 世纪开始，伦敦人便一直在浓雾（由海煤燃烧产生）中摸索。到了 19 世纪 80 年代，这座城市被充满烟煤和硫黄的致命暗褐色浓雾包围，令人窒息。1880 年，弗朗西斯·罗洛·罗素撰写了一本充满焦虑的小册子——《伦敦大雾》（*London Fogs*），将责任归咎于越来越多的家庭燃煤取暖，这个观点在很大程度上被人们忽视了。雾变成伦敦生活的一部分：大雾不仅导致了慢性呼吸系统疾病和悲观忧郁的情绪，也给各种犯罪活动提供了有效的隐蔽。其实华生从未用过黄色浓雾一词（pea-souper, 人们在 1834 年创造的词汇），而狄更斯在《荒凉山庄》（*Bleak House*，1852）中将大雾称为"伦敦特色"。

11 776

在 1952 年那场严重的伦敦烟雾事件中死亡的人数

3 码
（约 2.7 米）

6 码
（约 5.5 米）

9 码
（约 8.2 米）

12 码
（约 11.0 米）

福尔摩斯对伦敦烟雾的描述

● "浓稠的黄色" ——《布鲁斯帕廷顿计划》

● "毛毛雨似的浓雾" ——《四签名》

● "黄色的浓雾花圈" ——《铜山毛榉案》

● "暗褐色的面纱" ——《血字的研究》

世界

铁轨上的血迹

不乘坐出租马车时，福尔摩斯和大多数伦敦人一样，主要依靠火车出行。从 1836 年开始，铁路彻底改变了人们的日常生活，保障自由出行，运送新鲜食品，开辟工作机会，并催生了休闲产业。到 1854 年，每年有近 1 000 万人借助 6 000 英里（约 10 000 千米）的轨道出行。包括福尔摩斯家在内的每个家庭都有一本《伦敦火车时刻表》。这份不可或缺的出行指南，提供了约 100 家独立运营的铁路公司在伦敦内外线路的时间表。

伦敦 12 个火车站的开放顺序

01	02	03	04	05	06	07	08	09	10	11	12
伦敦大桥车站	尤斯顿车站	芬乔奇街车站	滑铁卢车站	国王十字车站	帕丁顿车站	查令十字车站	维多利亚车站	圣潘克勒斯车站	利物浦街车站	维多利亚车站（重建）	马里波恩车站
1836	1837	1841	1848	1852	1854	1864	1868	1868	1874	1898	1899

776
英亩
(约 314 公顷)

1900 年，铁路公司拥有的土地面积。这比伦敦市的面积还大（伦敦市占地 717 英亩，约 290 公顷）。

39 有火车出现的案件宗数

1 在铁路上实施的犯罪的案件宗数

8 案件中提及名字的车站数量（帕丁顿车站、查令十字车站、维多利亚车站、滑铁卢车站、利物浦街车站、伦敦大桥车站、尤斯顿车站和国王十字车站）

100⁺

福尔摩斯时代，保持运营的铁路公司数量

贝克街犯罪调查小组

当福尔摩斯拿起放大镜细心侦查时，犯罪现场取证还处于起步阶段。直到 1901 年，伦敦警察厅才引入指纹识别系统，不仅效率低下，而且不准确。福尔摩斯在许多方面都处于领先地位——他集侧写专家和法医学家的身份于一体，善于通过微量分析、血迹、足迹、指纹、轮胎痕迹、弹道学、笔迹学以及观察数据推断出可能的嫌疑人等线索来破案。出人意料的是，尽管在 19 世纪 80 年代，相机已足够便携轻巧，福尔摩斯也从未用它来记录证据。在他职业生涯的后期，他开始使用照片来识别身份和研究死后证据。

指纹分析

3 宗
案件

笔迹分析

11 宗
案件

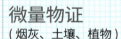

微量物证
（烟灰、土壤、植物）

5 宗
案件

手写体　　　打印体

《血字的研究》是第一个以放大镜为侦探工具的虚构侦探故事。

血迹分析

2宗
案件

足迹分析

30宗
案件

弹道学分析

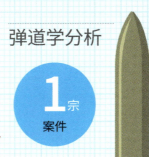

1宗
案件

枪械射击
残留物分析

2宗
案件

轮胎痕迹 /
马蹄痕迹分析

4宗
案件

《河滨》杂志上的
福尔摩斯……

THE STRAND

《河滨》杂志创办于 1891 年 1 月……

共发行
711
期

1891—1930 年，由赫伯特·格林霍夫·史密斯担任主编

500 000

400 000

300 000

200 000

100 000

0

《波西米亚丑闻》于
1891 年 7 月发表。

《巴斯克维尔的猎犬》
（*The Hound of the
Baskervilles*）于 1901
年 8 月到 1902 年 4 月，
分 9 期发表。

1890   1895   1900   1905   1910   191

对于中产阶级来说，月刊是新小说和娱乐新闻的主要来源，而《河滨》则是其中最成功的杂志之一。它由乔治·纽恩斯于 1891 年创办，几乎每一页都为读者提供优质的文章、有趣的谜题和配图，而价格仅为其竞争对手的一半。福尔摩斯和《河滨》彼此成就。如果没有福尔摩斯探案小说的定期更新，《河滨》就不会如此成功；而如果没有《河滨》杂志，那位著名的咨询侦探可能也永远不会引起全世界的关注。

……最后一次发行是在 1950 年 3 月

1930—1950 年，由道格拉斯·爱德华·麦克唐纳·黑斯廷斯担任主编

《肖斯科姆别墅》（The Adventure of Shoscombe Old Place）于 1927 年发表，这是福尔摩斯探案系列的最后一部作品。

杂志发行量逐渐下滑，最终未能从第二次世界大战的影响中恢复过来。1950 年 3 月，《河滨》杂志正式停刊。

《河滨》杂志共计出版了福尔摩斯系列的所有 56 篇短篇小说，以及《恐怖谷》（Valley of Fear）和《巴斯克维尔的猎犬》。但《血字的研究》和《四签名》不在此列。

920　1925　1930　1935　1940　1945　1950

一个时代的结束

维多利亚女王的统治几乎横跨福尔摩斯的一生。女王于 1901 年去世，这意味着一个漫长时代的终结。几年之后，福尔摩斯隐退。女王的儿子爱德华七世用更温和的方式治理国家，并将现代文化引入英国。爱德华七世的统治只有短短 8 年，他去世后，其子乔治五世登上了王位。福尔摩斯一直致力于侦探工作，而他接手的最后一个案件是为国王和国家效力。

① Victoria Regina（维多利亚女王）的缩写。——译者注

"福尔摩斯……会坐在扶手椅上……然后用弹孔拼出爱国字样'VR'①来装饰对面的墙壁。"

记录在册的
福尔摩斯探案宗数

维多利亚女王
统治期间
（1837—1901）

48

记录在册的
福尔摩斯探案宗数

国王爱德华七世统治期间
（1902—1910）

11

而国王乔治五世
在位期间（1910—
1936）则只有一宗

福尔摩斯传

夏洛克·福尔摩斯

03
工作

"我的工作就是
知道别人不知道
的事。"

——夏洛克·福尔摩斯
《蓝宝石案》（*The Adventure of the Blue Carbuncle*）
1892 年

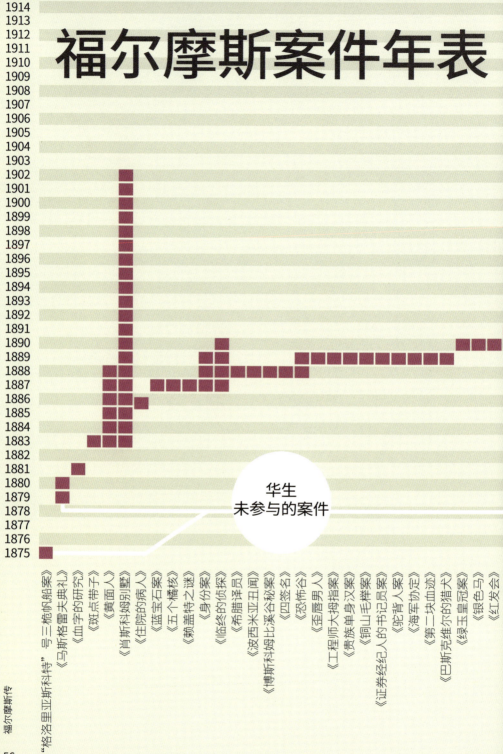

福尔摩斯案件年表

华生
未参与的案件

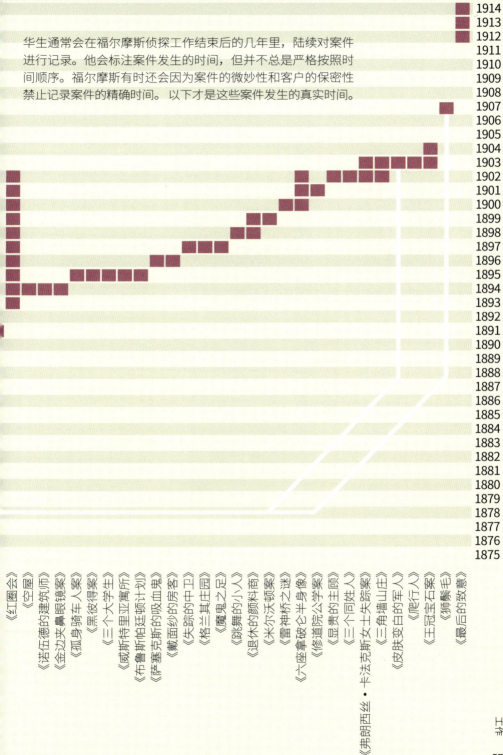

华生通常会在福尔摩斯侦探工作结束后的几年里，陆续对案件进行记录。他会标注案件发生的时间，但并不总是严格按照时间顺序。福尔摩斯有时还会因为案件的微妙性和客户的保密性禁止记录案件的精确时间。以下才是这些案件发生的真实时间。

伪装大师

虽然福尔摩斯是一位头脑冷静的科学家，但是他似乎对表演怀有浓厚兴趣，他把这些都归因于自己那些神秘的、具有艺术气质的祖先。他能很轻松地完成易容（轻易就能骗过华生）。有一次他因为隐藏得太深，甚至同嫌犯的女仆订了婚。他还擅长装病、受伤或精神失常来误导敌人，并且非常享受在需要时伪装成其他人。

喝醉的新郎

温和的老牧师

神志迷离的鸦片上瘾者

寻常懒汉

意大利老神父

年迈的售书员

挪威探险家西格森

手持短棍的法国工人

爱尔兰－美国双面间谍
阿尔塔芒特

工人

年老的运动员

老妇人

年轻水手

患哮喘的老水手

正在寻找捕鲸船员的
巴瑟尔船长

水管工埃斯科特

相关案件

- 🟠 《波西米亚丑闻》
- 🔵 《歪唇男人》
- 🟢 《绿玉皇冠案》
- 🔵 《最后一案》
- 🔴 《空屋》
- 🔵 《弗朗西丝·卡法克斯女士失踪案》

- 🟡 《最后的致意》
- 🔴 《王冠宝石案》
- 🟡 《四签名》
- 🔵 《黑彼得案》
- 🟠 《米尔沃顿案》

⬇ 深藏不露

假装生病或受伤

《波西米亚丑闻》
在精心策划的街斗中假装受伤

《赖盖特之谜》
假装神经紧张

《临终的侦探》
假装死于热带病

《修道院公学案》
假装扭伤脚踝

犯罪行为

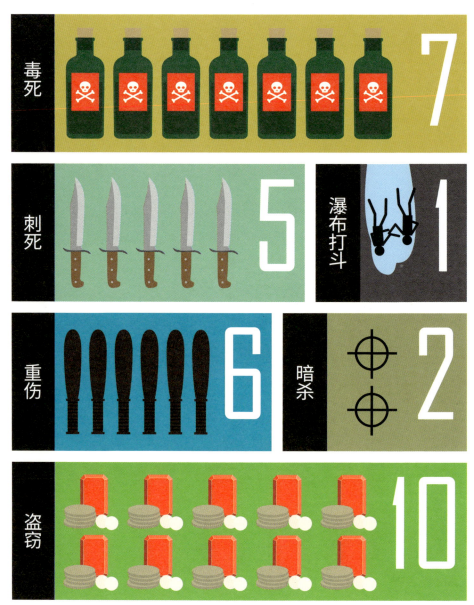

毒死 7

刺死 5

瀑布打斗 1

重伤 6

暗杀 2

盗窃 10

福尔摩斯更热衷于那些扑朔迷离的案件，他总是沉醉于那些有趣的细节。他并不是专家，但经手的案件包罗万象——从上流社会的丑闻到市井人家的家庭纷争，再到中产阶级的违法乱纪。他接手的案件也并非都构成犯罪——真正吸引他展开调查的，是那些未解之谜，尤其是当警察的调查陷入困境之时。

枪杀 3

溺水 1

动物致死 6

谋杀未遂 4

敲诈勒索 4

绑架 5

诈骗 5

化学元素

福尔摩斯是一流的化学家，他发明了一种检验血液残留的新方法。他在贝克街拥有一小块化学天地，里面有一张被酸腐蚀的冷杉木桌、一排排吸液管、蒸馏瓶以及一个本生灯。虽然在华生记录的所有案件中，并没有哪一宗是直接依赖福尔摩斯的化学技能（尽管有些案件顺便提到了）破案的，但福尔摩斯喜欢在遇到棘手问题时，通过做化学实验来放松心情或者集中注意力。华生曾经被恶臭的浓烟熏跑，宁愿一整天待在他的俱乐部里自我放逐。

* = 真实的化学元素　　+ = 真实的化合物
º = 真实的化学物质　　¿ = 虚构的化学物质

涉及案件：

- 《四签名》
- 《铜山毛榉案》
- 《住院的病人》
- 《魔鬼之足》
- 《戴面纱的房客》
- 《萨塞克斯的吸血鬼》
- 《有毒地带》
- 《三个大学生》
- 《希腊译员》
- ○ 《巴斯克维尔的猎犬》
- 《工程师大拇指案》
- 《肖斯科姆别墅》

铜 * Copper **Cu** 29	锌 * Zinc **Zn** 30	陶土 º Clay **Cl**	丙酮 + Acetone C_3H_6O **Ac**
磷 * Phosphorus **P** 15	煤焦油 衍生物 º Coal tar derivatives **Ct**	鸦片 º Opium **Op**	魔鬼之足 ¿ Radix pedis diaboli **Ra**
氯化钠 + Salt NaCl **Sa**	苯酚 + Carbolic acid C_6H_6O **Ca**	盐酸 + Hydrochloric acid HCl **Ha**	氢氧化钡 + Baryta $Ba(OH)_{2x}$ **By**

○ 《血字的研究》	● 《歪唇男人》
● 《最后的致意》	● 《身份案》
● 《空屋》	● 《蓝宝石案》
○ 《硬纸盒子》	● 《临终的侦探》

杂酚油 º Creosote **Cs**	熟石膏 + Plaster of Paris $2CaSO_4H_2O$ **Pp**	烃 º Hydrocarbon **Hy**	吗啡 + Morphine $C_{17}H_{19}NO_3$ **Mo**
士的宁 + Strychnine $C_{21}H_{22}N_2O_2$ **St**	乙醇 + Ethanol C_2H_5OH **Eh**	氢氰酸 + Prussic acid HCN **Pr**	三氯甲烷 + Chloroform $CHCl_3$ **Cf**
植物碱 º Vegetable alkaloid **Va**	金 * Gold **Au** 79	尼古丁 + Nicotine $C_{10}H_{14}N_2$ **Nc**	可卡因 + Cocaine $C_{17}H_{21}NO_4$ **Co**
硫酸 + Sulphuric acid H_2SO_4 **Su**	炭 º Charcoal **Ch**	锡 * Tin **Sn** 50	镍 * Nickel **Ni** 28
颠茄 + Belladonna $C_{34}H_{42}N_2O_4$ **Be**	乙醚 + Ether $(C_2H_5)_2O$ **Et**	氨基甲酸丁酯 + Amyl nitrate $C_5H_{11}NO_2$ **Nc**	箭毒 + Curare $C_{37}H_{42}Cl_2N_2O_6$ **Cr**

工作

63

切斯特菲尔德

伯明翰

赫里福德

贝德福德

平纳

奇斯威克

汉默史密斯

哈罗

富勒姆

马里波恩 布鲁姆斯伯

贝克街

金斯顿

白厅

考文特花园

伦敦

沃克斯豪尔

温布尔顿

克拉珀姆

兰贝斯

斯特里汉姆

诺布里

奥尔德肖特

沃金

萨里郡

克罗伊登

雷丁

法汉姆

伊舍

温切斯特

犯罪现场

达特穆尔

福尔摩斯绝大部分的工作都在伦敦完成。 尽管他偶尔也会走访充满杀戮和混乱的乡村，但他更多还是在城市的小巷和码头的家里。除了贝克街总部，他至少有五个秘密藏身之所。记录在册的案件大部分都发生在伦敦的新郊区（尤其是东南部）。 也许是由于外交原因，华生只记录了两起福尔摩斯在国外处理的案件。

赫尔斯顿

诺里奇

剑桥

汉普斯特德　　伍利奇

布莱克希斯

霍尔本

克勒肯维尔　　　刘易舍姆

特普尼

斯特兰德　　布里克斯顿

肯宁顿　　　　　　　　　　　查塔姆

奇斯尔赫斯特

贝肯汉姆　　　李

诺伍德　　西德纳姆　　　　　　　　　格鲁姆布里奇

弗瑞斯特

利兹海德

迪耶普　　　　　　赖盖特　　　　霍舍姆

布鲁塞尔

斯特拉斯堡

迈林根

蒙彼利埃

🟢 内伦敦

🔵 伦敦近郊

🟠 伦敦远郊

🔴 英国其他区域

🟡 海外

工作

65

案件一：血字的研究

这是福尔摩斯和华生共同经历的第一场冒险（1881），也是第一宗被记录下来的案件（1888）。华生介绍了福尔摩斯的侦查方法，并展示了其法医般的观察力和演绎推理能力的有效性。案件从一具在破败建筑中被发现的尸体展开，福尔摩斯对脚印和轮胎痕迹进行了细致检查，随即意识到婚戒在本案中的重要性，从而成功破案。

由于中毒，面部呈现出因恐惧和痛苦所导致的扭曲表情

在尸体旁边发现高顶礼帽

伊诺克·德雷伯

婚戒，被压在遇害者身下

案发地点：
布里克斯顿路
劳里斯顿花园

血迹，并不属于受害者；后来发现是鼻血

毒药

案件类型：
谋杀

受害人：
2 人

动机：
情人的复仇

血字"RACHE"（德语的"复仇"）一词，出现在两个谋杀现场的墙上

受害者穿着漆皮圆头靴

受害者被发现时仰卧在地上，双臂摊开，双腿相互缠绕

凶器

案发地点：
位于尤斯顿的哈利迪私家酒店

一刀刺进心脏

受害者血迹

约瑟夫·斯坦格森
（德雷伯的秘书）

凶手档案

男性

**身高超过 6 英尺
（约 1.83 米）**

根据墙上字迹的高度和步幅（通过测量凶案现场外泥地里脚印之间的距离确定）推断。

与身高不相称的小脚且穿着方头的靴子

根据脚印获取的信息

抽印度方头雪茄

根据收集的烟灰获取的信息

福尔摩斯破案经过

福尔摩斯从建筑物前方泥土中辨认出两组足迹和一辆出租马车的痕迹，他由此推断凶手应该是个司机。经查明，婚戒属于伊诺克·德雷伯的妻子露西·费里尔，而福尔摩斯发现她曾与一个美国男子杰弗逊·霍普订婚，这人现在正是当地的出租车司机。

上卷

谁是莫里亚蒂？他的出现让华生倍感意外。福尔摩斯在十年的破案生涯中对他只字未提，而后又突然指控他是伦敦大部分犯罪案件的背后主谋。他真的存在吗，或者他是福尔摩斯阴暗面的投射，就像海德之于杰基尔[①]？福尔摩斯常说，如果他选择了另一条路，他定会是一名出色的罪犯。那么，这两人当真一模一样吗？

①亨利·杰基尔是 19 世纪英国作家史蒂芬森笔下科幻小说《化身博士》的主人公，兼具理性主义者和杀人魔王两种人格。亨利·杰基尔，理性而诚实的善人，是主人公原来的人格，而爱德华·海德是毫无道德心的享乐至上主义者，代表恶之人格。

——译者注

福尔摩斯 V

身高 6 英尺
（约 1.83 米）

高智商

灰色的
深邃双眼

面部特征

鹰钩鼻、宽额头、薄唇、突出的方下巴、面色苍白

声音尖锐

体型

瘦、双臂修长、背影颀长消瘦

关系网：

与整个伦敦的下层社会、黑暗组织保持联系

教育背景：

受到良好教育，但未取得学位

家庭背景：

哥哥迈克罗夫特·福尔摩斯，政府官员

著作：

数部学术专著，一本实用养蜂秘籍

搭档：

约翰·华生

职业：

化学家

头衔：

全世界最著名的咨询侦探

s 莫里亚蒂

身高出众

高智商

**灰色眼睛、
眼眶深陷**

面部特征
额头异常宽大、薄唇、
下巴突出且习惯性保
持沉思状、肤色苍白

声音轻柔

体型
瘦、双臂修长、双肩圆润

关系网：

与整个伦敦的下层社会、黑暗
组织保持联系

教育背景：

接受卓越的教育、任大学数
学教授

家庭背景：

同名哥哥康奈尔·詹姆斯·莫
里亚蒂；弟弟，姓名不详，英
格兰西部某一个火车站站长

著作：

《关于二项式定理的论文》
《小行星动力学》

搭档：

塞巴斯蒂安·莫兰

职业：

数学家

头衔：

犯罪界拿破仑

密码与暗号

福尔摩斯是密码和暗号方面的权威。"我熟悉各种形式的密码，还写过一本这方面的专著，对 160 种不同的密码进行分析。"他有些得意地告诉华生，华生将其记录在了《跳舞的小人》中。福尔摩斯还在《红圈会》《马斯格雷夫典礼》《"格洛里亚斯科特"号三桅帆船案》《伯尔斯通案》（华生将其命名为《恐怖谷》）中运用密码技能破案。伯尔斯通密码以《惠特克年鉴》（*Whitaker's Almanack*）为解密本：发信人和收信人持有相同版本的书，并且共享精确的坐标来定位信息中的单词。

跳舞的小人

密码类型
简单的替换密码

解码方法
频率分析

功能
让团伙成员进行秘密交流

描述
简笔画密码。每个不同体态姿势的简笔画分别代表字母表中的每个字母和 0～9 的数字。手持旗帜的简笔画表示单词的结尾字母。

a b c d e f
g h i j k l
m n o p q r
s t u v w x
y z

你能破解以下密码吗？

跳跃密码

密码类型
跳跃密码

解码方法
阅读第一个单词和接下来的第三个单词，如此循环，忽略标点

功能
让无用的文字掩饰信息

描述
标准书写

你能破解以下密码吗？

I see you know your cigars. What brand did you eventually buy? Did they really last all through summer?

灯光信号

密码类型
简单的灯光信号

解码方法
对每次光闪进行计数

功能
对即时信息进行远程传送

描述
光闪一次为字母 A，两次为 B，以此类推，直到光闪 26 次代表字母 Z

你能破解以下密码吗？

•••••
••••••••••••
•••••
••••••••
•••••
•••••••••
•••••••••••••••••••
•
••••••••••••••••••
••••••••••••••••••••••••

工作

案件二：斑点带子

福尔摩斯（和华生）于 1883 年 4 月接手这宗"密室"案，1892 年，华生平静地将其记录下来。朱莉娅·斯通纳在婚礼前一周神秘去世。她的双胞胎妹妹海伦即将结婚时担心悲剧重演，她怀疑虐待成性的继父罗伊洛特医生也会加害自己。原来，一旦这些女孩结婚，他从过世的妻子处继承的资产便会损失 2/3。

案件类型：

谋杀

受害人：

朱莉娅·斯通纳

犯罪手法：

下毒

凶器：

印度沼泽蝰蛇

福尔摩斯破案经过

装有牢固百叶窗的窗户

书柜

罗伊洛特医生的卧室

壁炉

木椅

圆桌

遮光灯

发现尸体处

牛奶碟

铁质保险柜

能从里面反锁的房门

整个案件侦破历时超过 24 小时

1 2 3 4 5 6 7 8 9

这晚福尔摩斯和华生秘密与海伦交换了睡觉的房间，而罗伊洛特医生对此毫不知情。晚些时候，他们听到了奇怪的声音，点燃蜡烛之后只发现一条毒蛇从隔壁房间经通风口爬入。福尔摩斯反应迅捷，用猎鞭击打毒蛇，迫使它从通风口折返，咬伤罗伊洛特，最终致其死亡。

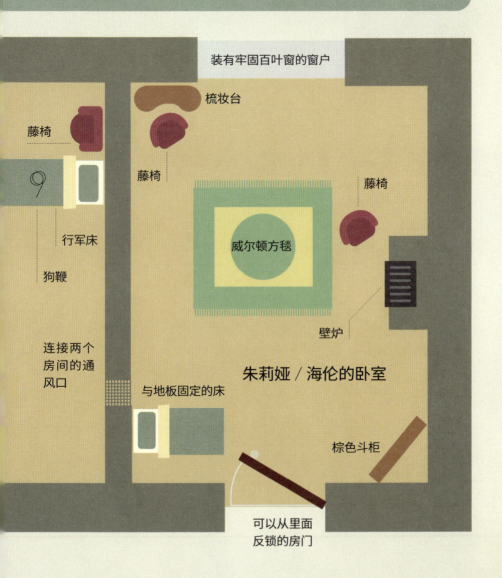

装有牢固百叶窗的窗户

梳妆台

藤椅

藤椅

藤椅

行军床

威尔顿方毯

狗鞭

壁炉

连接两个
房间的通
风口

朱莉娅／海伦的卧室

与地板固定的床

棕色斗柜

可以从里面
反锁的房门

狗和
其他动物

动物经常出现在福尔摩斯的生活和案件中。其中许多动物的出现都在人们意料之外，尤其在那些华生提到但没写出来的案件中。狗出现得比其他任何动物都要多（如果不把拉车的马算入其中的话）。福尔摩斯与它们相处融洽，还考虑过写一本关于如何在侦探工作中利用狗的小专著。华生经常钦佩地将福尔摩斯比作一只狗——一只猎狐犬、一只侦探犬、一只警犬和一只对猎物紧追不舍的猎犬。

猫　　　　　鹅

猎豹

赛马

狒狒

蛇

水母

狮子

猫鼬

兔子

蜜蜂

绵羊　　　　金丝雀

此外，更重要的是……

各种狗

 斗牛梗幼犬

 斗牛犬幼犬

 西班牙猎犬

 勒车犬

 梗犬

艾尔德尔犬

猎狼犬

 侦查猎犬 / 马士提夫犬

 马士提夫犬

 马厩里的小狗

看门狗

宠物狗

 小猎犬 / 杂交猎狐犬

以下是未记录在册的案件中出现过的动物：

苏门答腊巨鼠、红水蛭、科学上未知的蠕虫，训练有素的鱼鹰、金丝雀、蜥蜴

福尔摩斯的账本

福尔摩斯到底赚了多少钱？他自称是个穷人，需要华生分担生活费用，但除了家政费用、日常开支和为欣赏他的人提供慷慨帮助之外，他还能负担得起没有任何回报的工作。可能是福尔摩斯为欧洲皇室成员提供的服务，尤其是为斯堪的纳维亚王室、法兰西共和国王室和荷兰王室提供的服务，补贴了华生所描述的那些更有趣但收益更低的工作。

> "我的业务收费有固定的标准，除了有时完全免费，我不会变更费用。"
>
> —— 福尔摩斯
> 《雷神桥之谜》（*The Problem of Thor Bridge*）
> 1922 年

日期	案件	委托人	收益
1883 年 2 月	找出是谁偷走了绿玉皇冠，并成功追回	霍尔德 - 史蒂芬私人银行的亚历山大·霍尔德	赏金 1 000 英镑
1888 年 3 月	从艾琳·艾德勒处取回涉及隐私的照片	波西米亚国王威廉·冯·奥姆斯坦	• 价值 300 英镑的黄金 • 700 英镑现金 • 黄金和紫水晶鼻烟壶
1890 年 12 月	找回著名的蓝色红宝石	莫卡伯爵夫人	赏金 1 000 英镑
1895 年 11 月	为海军获取秘密作战计划	英国政府	绿宝石领带别针，一位君主为表达谢意赠送的礼物
1901 年 5 月	找到被绑架的公爵之子	霍尔德尼斯公爵	12 000 英镑

夏洛克·福尔摩斯

04
遗产

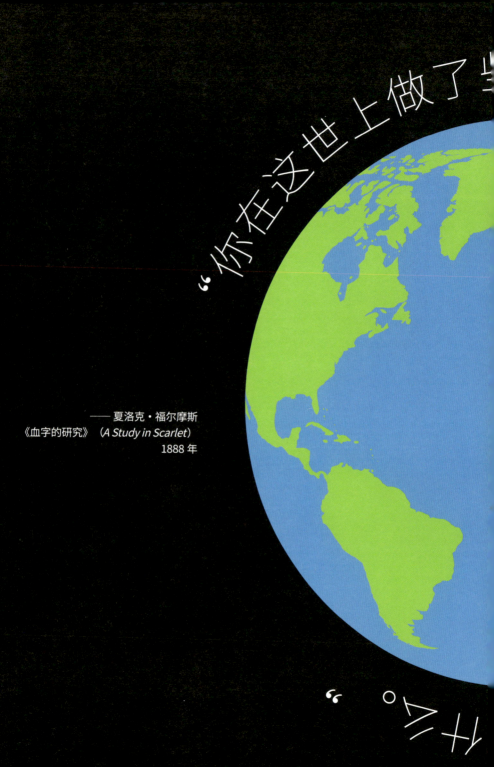

"你在这世上做了些什么？"

——夏洛克·福尔摩斯
《血字的研究》（*A Study in Scarlet*）
1888 年

什么并不重要，重要的是，你能让别人值得为你做什么。

华生的
案件记录

华生以福尔摩斯探案的传奇故事为主题进行文学创作。合作探案几年后，华生将探案的粗略笔记和回忆用简洁而有趣的语言呈现出来（基本都在 10 000 字以内）。每次出版之前，他都会征求福尔摩斯的同意，而后者有时会出于政治的微妙原因，或出于对社会名流的回避而拒绝出版。关于福尔摩斯的传奇故事，最正宗的版本共包含 56 个短篇故事和 4 部小说，其中福尔摩斯本人亲自撰写的有两部，而华生的医学兼文学同事阿瑟·柯南·道尔至少撰写了一部，也有可能是两部。

案件总数
56 件

华生所著
52 部

2 部
其他人
所著

2 部
福尔摩斯
所著

系列作品

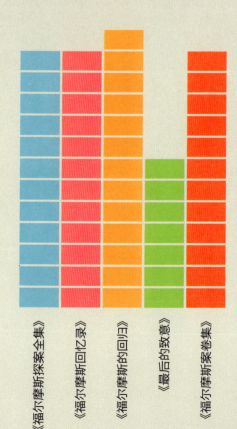

《福尔摩斯探案全集》

《福尔摩斯回忆录》

《福尔摩斯的回归》

《最后的致意》

《福尔摩斯案卷集》

以书籍形式出版的故事

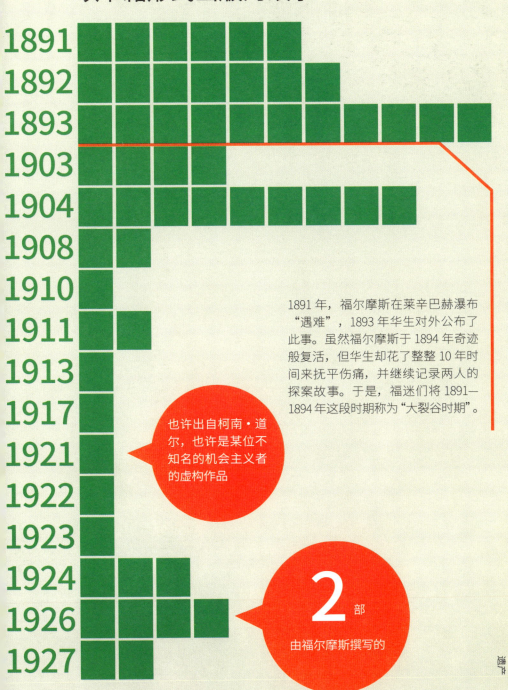

年份
1891
1892
1893
1903
1904
1908
1910
1911
1913
1917
1921
1922
1923
1924
1926
1927

1891 年，福尔摩斯在莱辛巴赫瀑布"遇难"，1893 年华生对外公布了此事。虽然福尔摩斯于 1894 年奇迹般复活，但华生却花了整整 10 年时间来抚平伤痛，并继续记录两人的探案故事。于是，福迷们将 1891—1894 年这段时期称为"大裂谷时期"。

也许出自柯南·道尔，也许是某位不知名的机会主义者的虚构作品

2 部

由福尔摩斯撰写的

福尔摩斯
的长篇

福尔摩斯介入的四起案件远非华生用短篇小说形式就可以详尽记录。其中三个案件都起源于国外——两个在美国，一个在印度。但是，在福尔摩斯的指导下，这些谜题都在英国得以解决。 在其中一个案件里，华生邂逅了他后来的妻子，并将两人的浪漫故事向读者娓娓道来。华生设法将这四次冒险写成扣人心弦的故事——读者确实很享受充满异国情调的阅读体验——但是它们并未立即受到热捧。 不过，《巴斯克维尔的猎犬》倒是个巨大且利润可观的成功案例。

出版年份：

1888

章节数量：

血字的研究

双重谋杀

本案是福尔摩斯和华生的侦探处女秀。

出版年份：

1890

章节数量：

四签名

谋杀 & 盗窃

本故事横跨 30 年时间。

案发地点：

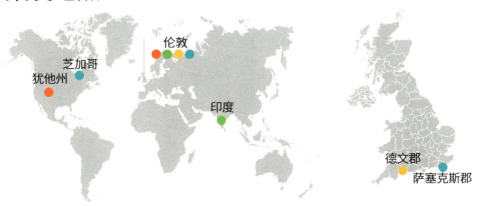

芝加哥
伦敦
犹他州
印度

德文郡
萨塞克斯郡

出版年份：
1902

章节数量：
● ● ●
● ● ●
● ● ●
● ● ●

出版年份：
1915

章节数量：
● ● ●
● ● ●
● ● ●
● ● ●

巴斯克维尔的猎犬

谋杀

本书是最成功的福尔摩斯小说。

恐怖谷

谋杀 & 误杀

最后一本福尔摩斯小说，以其宿敌莫里亚蒂为主要人物。

那些未公开的案件

《冒牌洗衣店案》

《畸形足里科莱蒂和他可恶的妻子》

《尤法岛格赖斯·佩特森斯奇遇案》

《铝制拐杖奇案》

《帕拉多尔密室案》

《政治家、灯塔和训练鸬鹚的故事》

《阿伯内蒂家族的恐怖案件》

《史密斯·莫蒂默继承权案》

《约翰·文森特·哈登的离奇遇害》

《"尊豪俱乐部"纸牌舞弊案》

《年轻的珀金斯被杀案》

《梵蒂冈宝石案》

《康克·辛格尔顿伪造案》

《费尔戴尔·霍布斯的小案子》

《穿平绒制服的铁路搬运工案》

《"玛蒂尔达·布里格斯"和

华生将案件以便条形式记录下来，装进一个破旧的锡盒里，存放在位于伦敦查令十字区的考克斯银行。有数以百计的案件尚未撰写完成，从已发表的作品中的回忆里可以发现，华生对一些福尔摩斯曾经经手的案件做出了有趣的暗示，其中有些是华生本人不曾参与的，有些则让福尔摩斯联想到当下的问题。根据人们的不同解读，大致有 96 个类似的案件被记录下来。以下是其中比较有趣的案件。

《伊莎多拉·佩尔诺和不知名的蠕虫》

《沃伯顿上校精神失常案》

《大道杀手雷被捕》

《哈默史密斯奇人维戈尔案》

《格拉芬斯坦伯爵案》

《红水蛭和银行家克罗斯比的惨死》

《达林顿顶替代丑闻》

《法林托什夫人和蛋白石头饰》

《特雷波夫谋杀案》

《托斯卡红衣主教的突然身亡案》

《两位科普特主教案》

《亭可马里阿特金森兄弟的惨案》

《莫蒂默·马伯利的小案子》

《邓达斯夫妻离婚案》

《夏洛克·福尔摩斯拒绝爵士头衔》

《臭名昭著的驯鸟师威尔逊案》

精彩绝伦的
"福尔摩斯"们

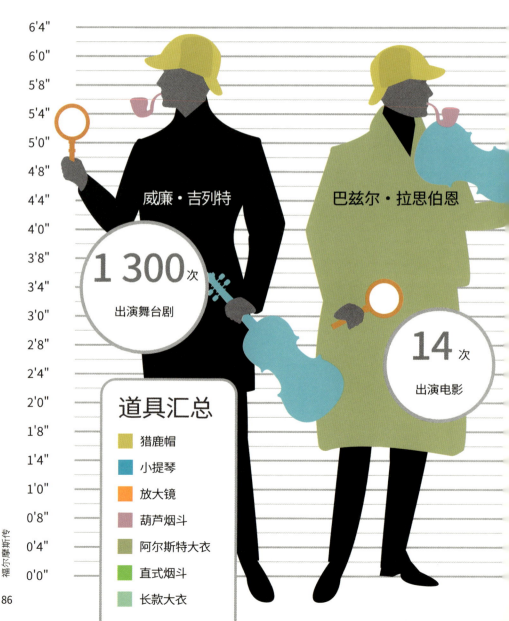

威廉·吉列特

巴兹尔·拉思伯恩

1 300次
出演舞台剧

14次
出演电影

道具汇总

- 猎鹿帽
- 小提琴
- 放大镜
- 葫芦烟斗
- 阿尔斯特大衣
- 直式烟斗
- 长款大衣

6'4"
6'0"
5'8"
5'4"
5'0"
4'8"
4'4"
4'0"
3'8"
3'4"
3'0"
2'8"
2'4"
2'0"
1'8"
1'4"
1'0"
0'8"
0'4"
0'0"

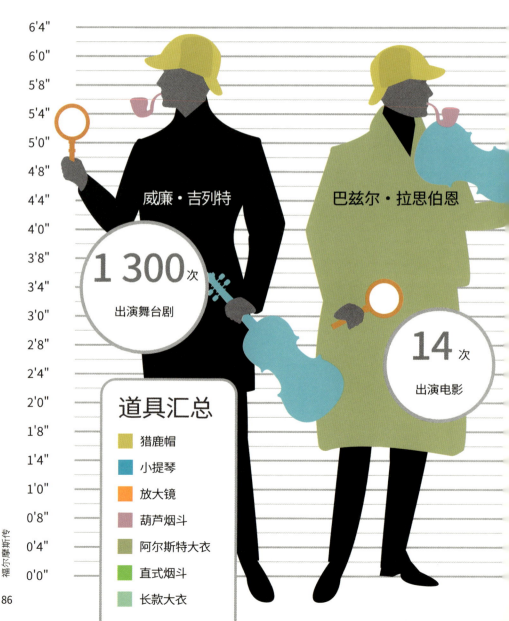

福尔摩斯本人对戏剧充满热爱，若有机会，他也许会非常乐意出演由柯南·道尔和美国演员威廉·吉列特于 1899 年创作的四幕剧《夏洛克·福尔摩斯》。吉列特生于 1853 年，几乎与福尔摩斯同时代。此后，超过 75 位演员在舞台、银幕和广播节目中扮演福尔摩斯。以下几位最令人印象深刻。

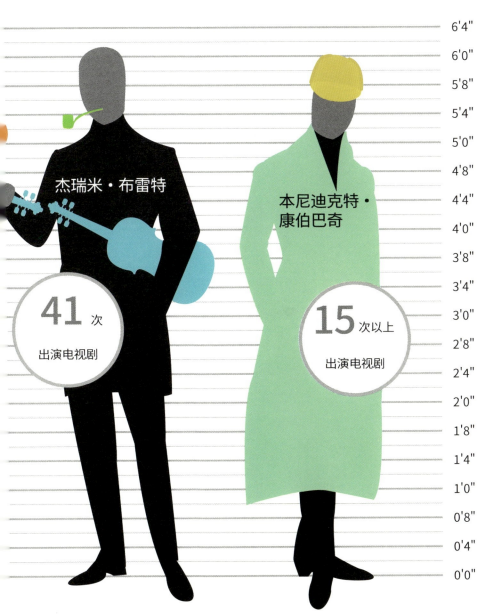

杰瑞米·布雷特

本尼迪克特·康伯巴奇

41 次

出演电视剧

15 次以上

出演电视剧

RESI
SILV
ABBE BLAN
COPP LAST EMPT
BERY HOUN
RETI DEVI NORW NAVA ILLU
VALL BLAC CROO 3GAB MAZA
REIG
IDEN CARD
SIXN GLOR
SECO SIGN BOSC DANC
CHAS FINA
VEIL BRUC
GOLD 3STU

1947年，芝加哥大学法学教授、著名福学家杰伊·芬利·克里斯创立了现在被普遍接受的，只用四个字母来缩写福尔摩斯故事标题的方式。

你能破译出这些故事名字吗？答案就在 94 页。

PRIO YELL 3GAR STOC NOBL GREE BLUE REDC TWIS SCAN ENGR REDH SUSS SHOS THOR VIST STUD CREE SOLI LION DYIN FIVE LADY MUSG SEC MISS

福尔摩斯模型

C. 奥古斯特·杜平是一位生活在 19 世纪 40 年代的侦探，在其之前，就连"侦探"这个职业都不曾出现，然而他的搭档埃德加·艾伦·坡却只记录了他的三宗案件。福尔摩斯成为这个行当真正的开创者，的确多亏了华生。他似乎是从零开始，完整地构建出侦探形象，使福尔摩斯成为后来所有侦探的模仿对象。各类侦探和特立独行的警察，从这些人身上都能找到福尔摩斯式的特征和气质，福尔摩斯式传奇也由此得以延续。

赫尔克里·波洛

阿加莎·克里斯蒂

- 系列案件
- 分析大师
- 忠诚搭档：黑斯廷斯上尉
- 标志性衣服 / 配件：胡须
- 在警队中朋友众多

33 部
长篇小说

51 部
短篇小说

简·马普尔

阿加莎·克里斯蒂

- 系列案件
- 分析大师
- 标志性衣服 / 配件：针织衫

12 部
长篇小说

20 部
短篇小说

艾伯特·坎比恩

玛格瑞·艾林罕

- 系列案件
- 在警队中朋友众多
- 从法证中演绎推理
- 标志性衣服 / 配件：眼镜
- 忠诚搭档：玛格斯方汀·罗格
- 街头霸王

19 部
长篇小说

30 部
短篇小说

探长雷布思

伊恩·兰金

- 系列案件
- 与女人纠缠不清
- 嗜好：威士忌
- 对音乐和艺术感兴趣
- 时常萎靡低落

22 部
长篇小说

29 部
短篇小说

摩斯探长

柯林·德克斯特

- 系列案件
- 分析大师
- 忠实搭档：刘易斯中士
- 嗜好：地道啤酒和威士忌
- 对音乐和艺术感兴趣
- 标志性衣服／配件：捷豹汽车

13 部
长篇小说

6 部
短篇小说

库尔特·维兰德

亨宁·曼凯尔

- 系列案件
- 与女人纠缠不清
- 嗜好：酒精和垃圾食品
- 时常萎靡低落

10 部
长篇小说

5 部
短篇小说

菲利普·马洛

雷蒙德·钱德勒

- 系列案件
- 嗜好：威士忌、尼古丁和咖啡
- 对音乐和艺术感兴趣
- 街头霸王

8 部
长篇小说

8 部
短篇小说

小传

西德尼·佩吉特
（1860—1908）
受《河滨》杂志委托，佩吉特为华生的作品配图，创作的插画多达 356 幅。他声称获得了创作者的授权，引入标志性的猎鹿帽和圆领披风，但其实在原著中福尔摩斯并没穿戴过上述服饰。

阿瑟·柯南·道尔
（1859—1930）
不情愿的医生、成功的作家。在爱丁堡大学初遇华生，柯南·道尔看出其回忆录的巨大潜力，遂成为华生的文学经纪人，并正式进军出版界。

贝克街探案小分队
他们是一群肮脏的街头顽童，福尔摩斯的情报部门，也是秘密的数据收集专家，还能以几乎无法察觉到的方式跟踪犯罪嫌疑人。他们在至少三起案件中发挥了重要作用。

詹姆斯·莫里亚蒂教授
白天是理智的数学教授，其余时间则是邪恶事件的策划者，是整个英格兰黑暗犯罪网络的核心人物。福尔摩斯在莱辛巴赫瀑布将其诱杀，但没有发现他的尸体，所以他也许侥幸生还。

迈克罗夫特·福尔摩斯
（生于 1847 年）
福尔摩斯的哥哥，聪明绝顶又超级懒惰。他比福尔摩斯拥有更加广博的知识，也更加坚毅。他受雇于政府，身份高度机密。他偏爱理论而非实战，大部分时间待在第欧根尼俱乐部[①]。

兰代尔·派克
并非他的真名，是上流社会的八卦收集者，也是专栏作家。他可能算是社会底层中的贵族，也可能是福尔摩斯的学校同事，他整日在位于圣詹姆斯的一家俱乐部的飘窗上闲散度日，对每个人都了如指掌。

①第欧根尼俱乐部是柯南·道尔虚构的一个男士俱乐部，并且在福尔摩斯探案系列故事中多次出现。——译者注

辛维尔·约翰逊

福尔摩斯的私家"线人",从一名前罪犯变成线人。较之警方,约翰逊更喜欢为福尔摩斯效力,尤其是在那些"微妙"的案件中。这些案件尚未到达法庭阶段,因此他不必出庭作证,从而便于掩护身份。他也为福尔摩斯提供安全和保护服务。

雷斯特雷德探长

福尔摩斯与伦敦警察厅的接触得到过这位"最佳专业人士"的慷慨帮助。作为职业侦探,他与福尔摩斯一起侦办了 13 起案件。他身材瘦小,像雪貂,虽陈旧保守、缺乏想象力,但敏捷而顽强。

艾琳·艾德勒

国际投机分子、敲诈勒索者、蛇蝎美人。艾德勒在福尔摩斯设下的案局中冷酷地将其击败,令福尔摩斯对她佩服有加。他称她为"那个女人",并保存着勒索案里皇家受害者提供的照片。

哈德森夫人

福尔摩斯的女房东。贝克街 221B 号的房主,是一位饱受生活折磨的女人,她忍受了福尔摩斯的各种怪癖、科学实验和手枪射击练习,几乎从未抱怨。华生发现她可能曾经乔装打扮与福尔摩斯合作,并且以"玛莎"的身份卧底。

塞巴斯蒂安·莫兰上校
(生于 1840 年)

士兵、王牌猎人、赌场老千、杀人犯和气枪高手,莫里亚蒂的得力干将。结束在伊顿大学和牛津大学的深造之后,他与班加罗尔第一先锋队一起在印度和阿富汗服役,并抽出时间完成了两本书的写作。

维克托·特雷弗

大学同事。尽管特雷弗是个"热情洋溢的家伙",与福尔摩斯的个性截然相反,但当他的斗牛犬咬伤福尔摩斯的脚踝时,他们还是成了朋友。福尔摩斯住在特雷弗位于诺福克的家里时,侦破了他的第一个案件。

 职业相关　 对手
 雇员　　　　亲友

福尔摩斯经典案件

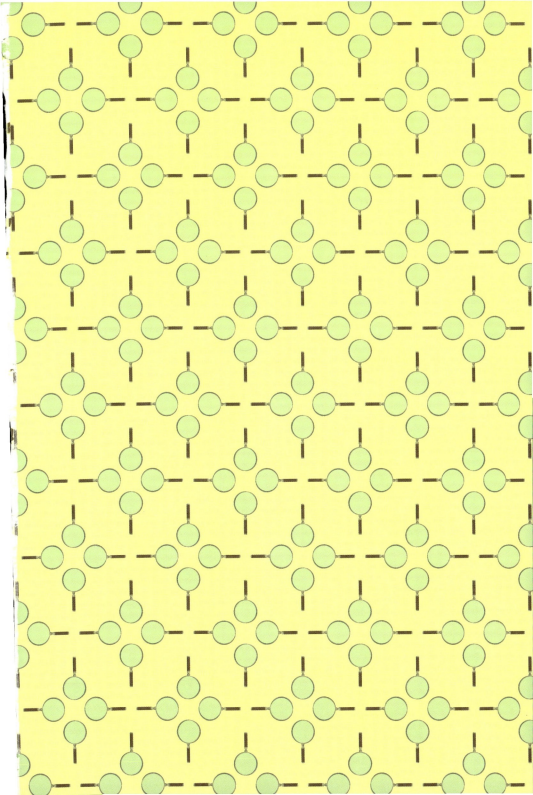

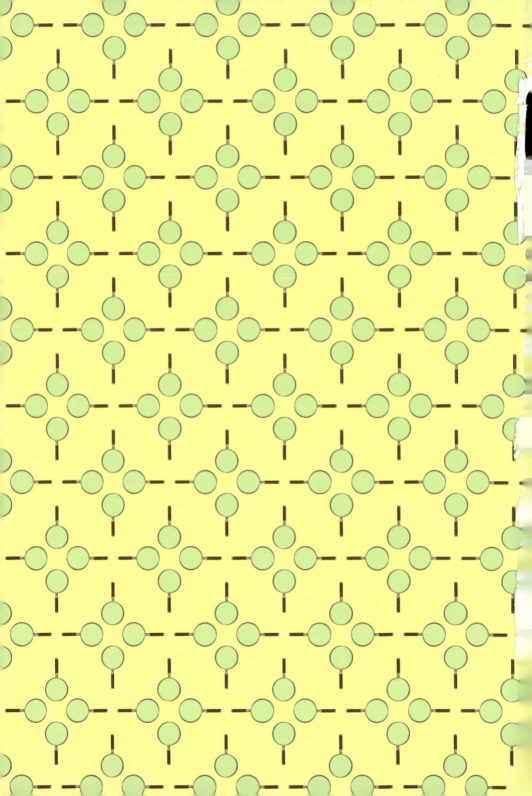